Vente du Mercredi 22 Mars 1911

HOTEL DROUOT — SALLE N° 7

N° 10 du Catalogue.

ESTAMPES MODERNES — AFFICHES ILLUSTRÉES

Me ANDRE DESVOUGES,
26, Rue de la Grange-Batelière.

M. EDMOND SAGOT,
39 *bis*, Rue de Châteaudun.

FRAZIER-SOYE
GRAVEUR - IMPRIMEUR
153-157, Rue Montmartre
PARIS

[illegible]		[illegible]
[illegible]	7	[illegible]
[illegible]	7	5
67	2	3
[illegible]	5	[illegible]
[illegible]	1	1
19	2	10
113	2	12
126	2	10
127	1	3
129	14	20
[illegible]	4	9
[illegible]	1	12
144	2	16
[illegible]	[illegible]	[illegible]
[illegible]	2	5
164	3	9
[illegible]	[illegible]	[illegible]
[illegible]	1	10
		[illegible]

COLLECTION D'UN AMATEUR (1re Partie)

CATALOGUE

DES

ESTAMPES MODERNES

IMPRIMÉES EN NOIR ET EN COULEURS

Par MM. A. BERTRAND, BOUTET DE MONTVEL, BRUNET-DEBAINES, CHAUVEL, ED. DETAILLE, GAUJEAN HOUDARD, JEANNIOT, CH. MAURIN, A. MULLER OSTERLIND, RANFT, HENRI RIVIÈRE MANUEL ROBBE, ROYBET, JEAN VEBER, J. VILLON

AFFICHES ARTISTIQUES

FRANÇAISES ET ÉTRANGÈRES

Par MM. D'ALÉSI, CARRIÈRE, PUVIS DE CHAVANNES, CASAS CHÉRET, DUDLEY-HARDY, GRASSET, HASSALL LÉANDRE, MUCHA, PAL, STEINLEN, WILLETTE

Dont la vente aura lieu

à Paris, HOTEL DROUOT, Salle N° 7

Le Mercredi 22 Mars 1911

à 2 heures précises

Par le Ministère de Me ANDRÉ DESVOUGES,

COMMISSAIRE-PRISEUR

26, Rue de la Grange-Batelière

Assisté de M. EDMOND SAGOT, Expert, Marchand d'Estampes.

39 bis, Rue de Châteaudun (IXe)

CONDITIONS DE LA VENTE

Elle sera faite au comptant.

Les adjudicataires paieront *dix pour cent* en sus des enchères.

M. EDMOND SAGOT remplira les commissions que voudront bien lui confier les amateurs ne pouvant assister à la vente.

MM. les amateurs pourront visiter la collection, *39 bis, rue de Châteaudun*, les Lundi 20 et Mardi 21 Mars 1911, de 10 heures à 5 heures.

DÉSIGNATION

1. AFFICHES DE CHEMINS DE FER

ALESI (Hugo d'). L'Auvergne (les Bœufs).
— Genève.
— Haute-Engadine.
— Lac de Thoune (1/2 avant lettre).
— Le Mont-Rose (vallée de Zermatt)
— Le Mont-Blanc (Imp. Bellier).
— Pyrénées.
— Venise.

FRAIPONT (G.). Excursions au Mont Saint-Michel.

Toutes ces affiches sont soigneusement entoilées.
Pourront être divisées.

2. AFFICHES ÉTRANGÈRES

N.-B. — Sauf indication contraire, toutes ces affiches sont soigneusement entoilées.

ANGLAISES ET AMERICAINES

DUDLEY-HARDY. The Chieftain.
— The Grand' Duchess.
— J. P.
— Kipped by the light of the master.
— Gaîty girl (jupe blanche).
— Cinderella.
— Oh Suzanna !

AUBREY-BEARDSLEY. Children's books.

PHIL MAY. Exhibition of 150 drawings.

MARIE (G.). Maison Perry.

HYLAND (Fred.). Harpers magazine.

BERCHMANS. The fine art and general assurance.

VAL PRINST. The London Argus.

PEPERCORN. Water Colours.

ISRAELS. Cabinet pictures.

REED (Ethel). The quest of the golden.

ANONYME. Jameson Soaps.
— Windsor Magazine.
— Femme à l'éventail *(sans texte)*.
— A Royal harem.
— Cassel's Magazine.

HASSALL (J.). Daughter of Babylon.
— Red Spider.
— Newmarket.
— Shop girl.
— Night out.
— Little red riding hood.
— Cinderella.
— On the March.
— Colman's Mustard.

RHEAD (L.-J.). Les Cygnes.

AFFICHES ALLEMANDES, BELGES, ESPAGNOLES ET SUISSES

FORESTIER (J.-C.). Golf *(avant lettre)*.

LAEVGER. Pianos, Harmoniums Schiedmayer *(sur papier)*.

SANDREUTER. Bœklin Jubileum.

FISCHER (Otto). Die alte Stadt *(avant lettre)*.

COMBAZ (G.). 1er Congrès international des Avocats *(sur papier)*.

CAZAS (R.). Hispania.
— Pel y Ploma.
— Boada.

HEINE. Simplicissimus.

POSTHAST. The Century *(July Number)*.

REED (miss Ethel). In Childhoods Country.

WEIR (Irène). Opera Stories.

Pourront être divisées.

3. **AFFICHES ILLUSTRÉES**, 4 pièces par Barcet, Grasset, Guérard, Lunois.

THÉATRE POMPADOUR — GRAFTON GALLRY — EXPOSITION GUÉRARD — RIVOLI.

4. **AFFICHES ILLUSTRÉES ÉTRANGÈRES**, 4 pièces en couleurs, par Orlik, Nieuwenhuis, Ryland.

POTOLOWSKI HUNDEEDER, 2 sujets différents — HEIGENHARD — HALL'S WINE.

5. **AFFICHES ILLUSTRÉES**, 3 pièces en couleurs, par de Neuville, Pal, Abel Truchet.

HAMLET — PAINTING OF MONTICELLI AT LONDON (*av. lettre*) — VENTE DE BEAUX LIVRES ET D'AFFICHES ILLUSTRÉES, COLLECTION P. E.

6. **AFFICHES** par divers Artistes.

BACH (F.). Scala : Yvette Guilbert.
CARRIÈRE (Eug.). L'Aurore (*avant lettre*).
CHAVANNES (Puvis de). Centenaire de la Lithographie.
DILLON (P.). Scala : Mademoiselle Fifi.
DUFAU (Mlle). La Fronde (*1/2 avant lettre*).
CHAVANNES (Puvis de). La vie de Sainte Geneviève, 4 feuilles entoilées, ensemble.
DETHOMAS (M.). Exposition de Symbolistes et Impressionnistes (*avant lettre*).
DREYFUS-GONZALÈS. Sada Yacco.
FARIA. Paulette Darty (*avant lettre*).
FORAIN. Les arts de la femme.
GRASSET (E.). A la place Clichy.
— Librairie romantique.
LA JEUNESSE (E.). Le Journal (*sur papier*).
GRÜN. Hôtel du Pacha noir.
LAUTREC (H. de Toulouse). Divan japonais.
LÉANDRE (C.). Pour les Ecoles françaises de Madagascar (*avant lettre*).
— La Princesse Jaune (*avant lettre*).
— Les Cantomimes (*avant lettre*), rare.

GOTTLOB. Les Peintres lithographes *(avant lettre).*

MÉTIVÉT (L.). Eugénie Buffet dans son répertoire réaliste. 1re affiche *(rare).*

MEUNIER (G.). Papier Job.
— Chemins de fer de l'Etat : *Paris à Royan.*

MOREAU-NÉLATON (E.). Bec Auer *(avant lettre).*

MUCHA (A.). La Dame aux Camélias. Sarah Bernhardt.
— Lorenzaccio. Sarah Bernhardt.

OGÉ. La petite Fille aux Souliers *(sans texte).*

PAL. Folies-Bergères : Tous les soirs.
— Irma de Montigny : le mauvais Rêve *(av. let.)*
Turkische régie Cigarettes *(avant lettre).*
— Bouffes-Parisiens : Simon-Girard (l'Enlèvement de la Toledad *(en noir).*
— Parc de Glatigny.

SCHWABE (C.). Salon de la Rose-Croix.
— Guillaume Lekeu.

ROEDEL. Linge Monopole.

STEINLEN. Lait stérilisé *(ép. au trait avant lettre).*
— La Rue : Ch. Verneau.

WILLETTE (A.) Cacao Van Houten : la Loi protège le Cacao.
— La même *(avant lettre, en noir).*

Seront vendues séparément.

7. **ADRESSES, MENUS**, ensemble 27 pièces en noir et en couleurs : Adresses de Sagot, par Taquoy, Villon, Claudius Denis, Valotton, Jacques Villon; menus des Cent Bibliophiles, carte d'Hessèle, par Rauft; de Clovis Sagot, par Picard Ledoux ; de Charles Bosse, libraire, par Briau, etc.

ALBERT (Adolphe)

8. Sortie de Théâtre. Monotype en couleurs. Signé (370×270).

ANONYME

9. Relai de Chiens de Chasse. Lithographie in-f° en largeur. Non signée. Imprimerie Lemercier. Frontispice, Croquis militaires, etc, seize pièces, en noir et en couleurs.

ARMINGTON (F.-M.)

10. Cathédrale de Saint Paul, à Londres. Très belle épreuve *avec remarque*. Signée et *timbrée du Cercle de la Librairie*.

BAC (F.) — BASTIEN-LEPAGE — BAUDE (Ch.)

11. Jardin d'Hiver. Litho en couleurs — Jeune Faneuse. Eau-forte — Tête de Vieillard. — Tête de Jeune homme riant. Deux bois, d'après Rembrandt. Ensemble quatre pièces, belles épreuves.

BELLANGÉ (H.)

12. Les Cuirassiers de Waterloo. Grande lithographie à la plume.

BERONNEAU (Marcel)

13. Soleil couchant — Le Jet d'Eau. Deux monotypes en couleurs. Signés et datés.

BERTRAND (A.) — BETOUT

14. Coup de vent place Saint-Germain-l'Auxerrois. Eau-forte en couleurs à repérage, n° 42/50 — La Sieste — Bébé dort — Dormeuse — Enfant endormi — La Fête de Neuilly — Intérieur forain. Eau-forte en couleurs, n° 43/50. Ensemble six pièces, très belles épreuves numérotées et signées.

BERTRAND (d'après PATER)

15. Réunion de Comédiens dans un Parc. Eau-forte en couleurs. Très belle épreuve *de remarque*, *signée* et *timbrée* du Cercle de la Librairie.

BLANCHE (J.-E.)

16. Le Thé — Jeune Fille en grand Chapeau. — Au Jardin — A la Campagne — Fillettes au Jardin. Ensemble cinq lithographies originales sur divers papiers. Deux signées.

BONNARD (P.)

17. La petite Blanchisseuse — Affiche pour le Salon des Cent, sur japon avant toute lettre. Ensemble deux lithographies en couleurs. Signées.

BONNAT (Léon) — CORMON (F.)

18. Son portrait. Eau-forte originale. Très belle épreuve sur japon. Signée — Tentation de Saint-Antoine. Eau-forte originale. Deux épreuves, dont l'une à l'état d'eau-forte et l'autre avec remarque, sur parchemin. Signées. Ensemble trois pièces.

BONVIN (F.) — BOUGUEREAU (W.) — FEYEN-PERRIN

19. Les bords de la Rance (près de Dinan), sur papier rose — Zéphir. Eau-forte originale, 1880 — Les Filles du Pêcheur (B. 1.), sur papier rose. Ensemble trois pièces, belles épreuves.

BORREL (M.)

20. Tête sanguine — Tête d'étude en couleurs — La lecture — Femme à la Théière — Portrait d'une Parisienne en 1879 — Portrait d'une Dame âgée, d'après Bonnat. Ensemble six pièces. Cinq signées et numérotées.

BOUISSET (F.) — MAXENCE. — OGÉ

21. Lulu, lithographie au lavis. — Fumeuse, chromolithographie. — L'Eglise du Sacré-Cœur. Ensemble trois pièces, très belles épreuves, une signée.

BOULANGER (L.)

22. Attaque du Tigre. — Le Lion et le Tigre. Deux lithographies originales, belles épreuves.

BOUTET DE MONVEL (B.)

23. Le Jeune Homme. Eau forte en couleurs, n° 9 25. Vieille Femme. N° 1 20. Ensemble deux pièces. Très belles épreuves. Signées.

N° 42 du Catalogue.

BRENDEL. — BROWNE (Henriette). — BROWN (J.-L.)

24. Intérieur de Bergerie. — La Robe de Joseph, d'apr. Bida. Epreuve signée. — La Confession, d'après Bida. — Le Maréchal de Conflans inspectant les Côtes de Bretagne. Ensemble quatre pièces. Très belles épreuves, une signée.

BRUNET-DEBAINES

25. Funérailles de Wilkie, d'après Turner (B. 25). — L'Eglise Saint-Sauveur à Caen (B. 16). — Hôtel-Dieu : Dernier Vestige du Pont Saint-Charles (B. 13). — Deux Petites Marines à l'Aquatinte. Ensemble cinq pièces. Belles épreuves.

26. Venise, d'après *Ziem*. Très belle épreuve d'artiste, sur parchemin. Signée *du peintre et du graveur*.

CANALS (R.)

27. Bal Champêtre en Espagne, n° 19/46. — Promenade après la Course. En couleurs, n° 3/50. Ensemble deux pièces. Très belles épreuves signées.

CHAMPOLLION (E.)

28. L'Embarquement pour Cythère, d'après *Watteau*. Très belle épreuve de remarque, signée.

CHAUVEL (Th.) — DECAMPS (A.)

29. Le Matin, d'après Boulenger (B. 44). — Les Deux Chiens (Moreau 20), 2e état. — Le Petit Savoyard (Moreau 8). Ensemble trois pièces. Belles épreuves.

CHAUVEL

30. Primavera, *d'après Rolshoven*. Très belle épreuve de remarque sur parchemin, signée du peintre et du graveur. — L'Enclos, lithographie d'après Van Marke. Très belle épreuve de remarque. Ensemble deux pièces.

CHECA (U.)

31. Combat de Cavaliers. Lithographie originale. Epreuve de remarque sur chine.

CHECA (U.). — DAGNAN (P.)

32. Villageoise et son Enfant. Litho. Epreuve de remarque. — L'Adoration des Bergers. Litho originale sur chine. Ensemble deux pièces. Très belles épreuves.

CHÉRET (Jules)

33. Affiches soigneusement entoilées.

1. *Quatre panneaux décoratifs :* La Danse, la Comédie, la Pantomine et la Musique.
2. Folies-Bergère : Loïe Fuller (Danse du Feu.)
3. — Fleurs de Lotus *(avant lettre)*.
4. Folies-Bergère : La Loïe Fuller *(robe violette)*.
5. Folies-Bergère : L'Arc-en-Ciel *(avant lettre)*.
6. La Gomme, roman par Champsaur.
7. Bal Masqué de l'Opéra 1892 (*avant lettre*).
8. La même, rare épreuve *en noir*.
9. Bal de l'Opéra 1898.
10. Jardin de Paris (Femme à l'Eventail).
11. Olympia (Femme aux Cymbales). Epreuve avec dédicace, signée et datée 30/IV/93.
12. Musée Grévin : Les Fantoches de John Hewet (*avant la lettre*).
13. Musée Grévin : les Coulisses de l'Opéra.
14. Eldorado (danseuse sur fond orange) *avant la lettre*.
15. Palais de Glace : Patineuse de dos (*avant lettre*).
16. Palais de Glace (Le Tandem) *avant lettre*.
17. Elysée Montmartre : Bal de nuit.
18. Alcazar d'Eté : Lydia (*avant lettre*).
19. — Louise Balthy (*avant lettre*).
20. — Kanjarowa.
21. Bal du Moulin-Rouge (Les ânes).

22. Scala : Arlette Dorgère.
23. Casino d'Enghien. Epreuve *d'artiste* sur papier fort. *Signée.*
24. Théatrophone.
25. Redoute des Etudiants (*avant lettre*).
26. Montagnes Russes : La Soledad.
27. Orphelinat de l'Opéra (*avant lettre*).
28. L'Amant des danseuses.
29. Les Trois Mousquetaires.
30. Bagnères-de-Luchon : Fête des fleurs.
31. L'Hiver à Nice.
32. Benzo-Moteur.
33. Saxoléine (Lampe verte).
34. La Diaphane, poudre de riz. *Epreuve signée.*
35. Parfumerie de Monaco.
36. Parfumerie de Monaco (*avant la lettre*).
37. Cleveland Cycles.
38. Bigarreau Mugnier.
39. Librairie Ed. Sagot (*avant lettre*).
40. Recoloration des cheveux par l'Eau des Sirènes.
41. Quinquina Dubonnet. Deuxième affiche (*avant lettre*).
42. Grands Magasins du Louvre.
43. Pastilles Poncelet.
44. La Halle aux Chapeaux : 1892.

Seront vendues séparément.

COURTRY (Ch.)

34. Les Bulles de Savon, d'après Chaplin — Les Amateurs, d'après Meissonier. Epreuve de remarque sur japon. Deux pièces signées — La Réprimande. Dessin d'illustration au crayon. Signé et daté. Ensemble 3 pièces.

DAGNAC-RIVIÈRE (C.)

5 — 35. Les Chaumières. Monotype en couleurs. Signé.

DAVIDS (H.) — GILLI — KNOPFF — KROYER — KŒPPING

36. Convalescence, n° 7/30 — Un Reproche — Un Masque — Son portrait? — La Sœur aînée. Cinq pièces. Très belles épreuves.

DECISY — DILLON — ELIOT (M.)

37. Bouillie d'avoine. Epreuve de *remarque* — L'Averse sous un Pont. Litho *sur chine* n° 3 — Tête de jeune Fille. En couleurs, sur chine. Ensemble trois pièces. Très belles épreuves.

DELATRE (Auguste et Eugène)

38. Paysage. Eau-forte, par Auguste Delâtre. Épreuve avec dédicace. Signée — Nocturne — Leçon de Chant — Le Çavalier — Les deux Fillettes sous la Neige — Les petits Pêcheurs à la Ligne — Dans un Jardin. Six eaux-fortes en couleurs. Ensemble sept pièces. Très belles épreuves, la plupart numérotées et signées.

DELAUNEY (A.)

39. Paris pittoresque, historique et archéologique. Vues générales et particulières — *Paris, l'Auteur*, 1877. 1re et 22e séries. 48 pièces. Belles épreuves avant lettre sur chine — Eaux-fortes sur le Vieux Paris. Suite complète de 22 pièces (y compris la table). Ensemble 70 pièces. Belles épreuves.

DELCOURT (M.)

40. La Coiffure — La Promenade — Chez la Modiste. Trois bois originaux en couleurs. Très belles épreuves. Signées et numérotées.

DESBOUTIN (M.) — ELIOT (M.)

41. Rouart (H. B. 25), 2e état — Eventail Monnier. Litho en couleurs. Ensemble deux pièces. Très belles épreuves.

DÉSIRÉ-LUCAS

42. Contes de Grand'Mère. Très belle épreuve de remarque sur japon. Numérotée et signée.

DETAILLE (E.)

43. Les Chasseurs d'Afrique. Grande lithographie originale in-f°. Très belle épreuve d'artiste sur chine. *Avec dédicace signée et datée :* mai 1897.

DETOUCHE (H.) — DILLON (H.) — DENIS (M.) DESCHAMPS (Louis)

44. Nuque blonde. Eau forte en couleurs — Eventail Gavarni — Apparition, couverture — Fillette à la Tartine. Eau-forte en couleurs. Ensemble quatre pièces. Trois signées et numérotées.

DIDIER (A.) — DUPONT (F.) — DUVIVIER (A.)

45. Pastorella, d'après Hébert (B. 30) — A l'Office, d'après J. Lefebvre — Juana Romani, d'après Roybet — Le Printemps, d'après Hélène Allingham — Muse, d'après Hébert. Ensemble cinq pièces. Belles épreuves.

DILLON — DUEZ (E.) — GRASSET (E.)

46. La Foire de la place du Trône — Jeune Femme au bord de la Mer. En couleurs — Jeanne d'Arc. Ensemble. Trois lithographies grand in f°. Belles épreuves.

47. **EAUX-FORTES, LITHOGRAPHIES, DESSINS et AQUARELLES DIVERSES** d'après Corot, Raffet et autres. Ensemble 14 pièces. Plusieurs en épreuves d'artistes.

ELIOT (Maurice)

48. Femme à l'Éventail. Très belle épreuve imprimée en couleurs sur japon. Signée — La Brouille. Très belle épreuve d'essai, sur chine volant. Ensemble Deux pièces.

49. **ESTAMPES** décoratives des Palais Centennaux. Collection complète de dix estampes.

CARRIÈRE (Eug.). Le Mineur.
— Le Fondeur.

CHÉRET (J.). Fileuse.
— Dentellière.

GRASSET (Eug.). L'Ombrelle.
— L'Éventail.
LÉANDRE (C.). Le Garde-Barrière.
— La Voiture 1830.
WILLETTE (A.). L'Agriculture.
— La Viticulture.

EYCHENN (Gaston)

50. La Carpe, n° 1/15 — Jeune Fille vêtue de noir (bretonne) n° 3/40. Ensemble deux eaux-fortes originales en couleurs. Superbes épreuves.

FAIVRE (Abel) — LA GANDARA (A. de)

51. Jeune Précieuse. Épreuve sur chine. Signée — Le Toquet à Plume — Femme faisant de la Tapisserie. Très belles épreuves. Numérotées et signées. Ensemble. Trois lithographies originales.

FLAMENG (François) — COURSELLE-DUMONT

52. Portrait de jeune Fille. Eau-forte originale. Deux états, dont l'un à l'eau forte pure, et l'autre avec remarque, sur parchemin. Signée — La Force et la Grâce? Eau-forte originale. Deux états, dont un à l'eau forte pure et avec remarque, sur parchemin. Ensemble. Quatre pièces. Très belles épreuves.

FLAMENG (L.)

53. La Loi. Eau-forte d'après Baudry? Epreuve d'artiste, sur japon. Signée.

FORBERG

54. Portrait de Joseph Joachim. Très belle épreuve de remarque sur parchemin, portant *la signature autographe* du célèbre violoniste.

FOREL (A.)

55. Une Cour à la Villette (B. 1.) — Pont des Saints-Pères (B. 5). Ensemble. Deux eaux-fortes originales. Très belles épreuves. Signées.

FORMSTECHER (H.) — DUGARDIER (R.)

56. L'Étude — Sous les Parasols. Deux eaux-fortes en couleurs. Très belles épreuves. Numérotées et signées.

FOUQUET-DORVAL

57. En arrêt, deux états — Henriette de Bourbon, d'après Nattier, deux états. Ensemble quatre pièces, dont deux à l'état d'eau-forte pure, deux avec avec remarque, sur parchemin. Signées.

GAUJEAN (Eug.)

58. Orphée, d'après G. Moreau — Flamma Vestalis, d'après Burne Jones — L'Enfant aux Cerises, d'après Russel — Lady Primerose, d'après Millais. Ensemble quatre pièces en épreuves d'artiste sur japon, dont trois signées.

59. La Vierge — Saint Georges et Saint Donatien, d'après Van Eyck. Trois épreuves : une de premier état, une d'état intermédiaire sur japon et une avec remarque, sur parchemin. Signée.

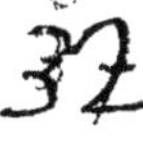

60 Le Pain béni, d'après Léandre. Très belle épreuve imprimée en couleurs. Signée.

GAUTIER (L.)

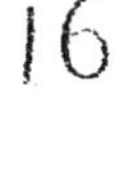

61. L'Abside de Notre-Dame de Paris. Très belle épreuve de remarque. Sur parchemin. Signée.

GAVARNI — JOHANNOT — MORIN (Ed.) et divers

62. Un Bal à la Chaussée d'Antin — Soirée d'Artiste (B. 17) — Le Réveillon (B. 10) — Une Averse sur le boulevard, 2 sujets différents, et quatre pièces par Fuchs, Geoffroy, Johannot et Nanteuil. Deux eaux-fortes par Ed. Morin : Le Duel et Pas de Lendemain. Ensemble 11 pièces.

GERVEX

63. Les Communiantes. Deux épreuves d'états différents.

N° 65 du Catalogue.

GILBERT — LECOUTEUX — O'CONNELL et autres

64. Mme Herzog, d'après Henner. Sur parchemin — Vieille Bretonne. Sur japon. Timbrée — Cavalier Louis XIII et quatre pièces diverses, par Monzies, Ochoa, Massard et Pelissier.

GILL (A.)

65. Le dessin de Gill, n° 1 : Alas! poor Yorick. Litho originale. Très belle épreuve.

GODIN (G.) — GOTTLOB (F.)

66. La Neige. Épreuve d'état sur japon — Les Moissonneurs, n° 1/50. Ensemble. Deux eaux-fortes en couleurs. Très belles épreuves. Signées.

GOENEUTTE (Norbert)

67. La Cigale. avec dédicace. Signée — Dinan. Signée (dédicace effacée). Ensemble deux pièces. Très belles épreuves.

67 *bis*. — Entrée du grand Canal, Venise — La Piazetta — Le Rialto. Ensemble trois pièces. Très belles épreuves. Signées (*1 de la collection Antonin Proust*).

GONCOURT (J. de)

68. Eaux-fortes d'après Chardin, Gavarni, Swebach. G. de Saint-Aubin. Ensemble cinq pièces. Très belles épreuves.

GOSSELIN (Ed.) — ALIX

69. Duchesse d'Orléans, d'après Vigée-Lebrun — Grand Assaut donné dans la Salle d'Armes d'Angelo par la Chevalière d'Eon et le sergent Léger, en couleurs, d'après Rowlandson — Bonaparte premier Consul, épreuve en couleurs. Ensemble trois pièces. Belles épreuves.

GOTLOB

70. Le Marché aux Fleurs, n° 20/50. — Vieille Pêcheuse (Salon des Cent) avant lettre. Deux lithographies en couleurs. Belles épreuves signées.

GRAVESANDE (Ch. de) — GOUPIL (J.) — GREUX (G.)

71. Bords du Vecht (Hollande), sur papier rose. — Tête de Femme, sur Japon. — Deux Paysages, d'après Th. Rousseau. Ensemble 4 pièces. Belles épreuves.

GUÉRARD (H.)

72. Bateaux de Pêche la Nuit. Eau forte en couleurs, n° 14/50. — Les Corbeaux. Deux planches en noir. — La Volaille plumée. — Bateaux au radoub à Venise. — Le Printemps. — Polichinelle. Deux pièces en couleurs. — Feuille de 12 Petits sujets pour Cartes ou Menus. Ensemble 11 pièces. Belles épreuves, la plupart signées.

GUIGUET (F.) — HAQUETTE (G.)

73. Guitariste. Litho en couleurs (Estampe nouvelle). — Joueur de Vielle. Eau forte. Deux pièces, belles épreuves.

GRASSET (Eug.)

74. Les Mois. Douze compositions en couleurs. Exemplaire sur Japon, *avant la lettre*.

GUILLAUMIN

75. Les Roches rouges. Lithographie originale en couleurs. Très belle épreuve d'artiste, sur chine, numérotée 16 et signée.

Mme HAHN (Henriette)

76. Automne. Bois en couleurs, n° 16/40. Très belle épreuve, signée et timbrée.

D'HARDIVILLER

77. Une leçon de perspective. Lithographie in-f°. Belle épreuve sur chine.

HELLEU (Paul)

78. Après la Séance. *Affiche pour Ed. Sagot*. Epreuve d'artiste, avant toutes lettres. *Entoilée*.

79. La même. Epreuve d'Essai de couleurs différentes.

80. La même. Epreuve avec la lettre.

81. LA REVUE DE L'EPOQUE, avant lettre, sur papier.

82. Etude de femme en buste, le visage presque de face. Très belle épreuve imprimée en couleurs. Signée.

83. Mme la Baronne de X... en buste de 3/4 à gauche, en cheveux. Superbe épreuve avec la mention manuscrite : *tirée à 10. « Pas à vendre. »*

84. Le Menton sur les mains. Etude de femme assise sur un canapé de profil à gauche. Très belle épreuve. Signée. — Etude de fillette en chapeau couchée. Ensemble deux pièces. Très belles épreuves.

85. Mlle P... (de profil à gauche, les cheveux tombant sur l'épaule). Très belle épreuve. Signée, légendée : *tirée à 10, épuisée*. Reproduite dans le catalogue des pointes sèches d'Helleu.

HENRIQUEL-DUPONT. — ISABEY (J.) ROBERT (L.)

86. Portrait d'André Chenier. — Escalier de la Grande Cour Château d'Harcourt. — Suissesse. Ensemble trois pièces. Très belles épreuves.

HEDOUIN (Ed.)

87. Invalide de la Marine, d'après Raeburn. — Portrait de Mme X..., d'après Chaplin (B. 57). (La Dame au Chapeau). — Portraits d'hommes et de femmes : de Balzac, Madeleine Lemaire enfant, Jules Janin, de Salvandy, Célestin Nanteuil, Christophe, statuaire. — Marquise de Saint-Mars, Auber, Guizot, le prince de Bauvau, Marie Luguet, etc. Ensembre 31 pièces, la plupart signées et avec dédicace.

HOOK (J.). — LHERMITTE (L.) — LLOVERA

88. Portrait d'Otto Leyde, d'après J.-E. Millais, sur parchemin. Signée. — Les Vendanges. — Le Modèle Artistique. Ensemble trois pièces. Très belles épreuves.

HOUBEN (H.), (d'après)

89. Rayon de Soleil. Héliogravure *en couleurs*, très grand in-folio en largeur. Epreuve sur chine collé (*cassures*).
Sujet : H. 0.57 × L. 0.89. — Marge : H. 1m. L. 1.22.

HOUDARD (H.)

90. L'Epave. — La Route Abandonnée. — Coucher de Soleil sur la Bresle. — Les Hauteurs du Crozon. Quatre eaux fortes en couleurs. Très belles épreuves signées.

HUGARD (L.) — LACAULT (L.)

91. Brodeuses en Bretagne, n° 17, en couleurs. — Pêcheur Anglais, tirée à 12 (n° 2). Ensemble 2 pièces. Très belles épreuves. Signées et numérotées.

INGRES — ITURRINO — CASAS — GRÜN

92. Odalisque (L. D. 9), fac similé. Très belle épreuve. — Sévillanas, n° 8/50. — Liseuse. — Eventail fête Monnier. Trois planches en couleurs. Ensemble 4 pièces.

JACQUET (J.)

93. Le Maréchal de Saxe, d'après Meissonier. Très belle épreuve *de remarque*, sur parchemin. Signée.

JACQUET (A.)

94. 1814, d'après Meissonier. Superbe épreuve sur chine.

JASINSKI (F.) — JEANNIN (F.-E.). — DELASSALLE

95. Mme Vigée Lebrun et sa Fille. — Portrait de Femme, d'après Jean Gigoux. — La Forge. Deux états, dont un avec remarque. Ensemble quatre pièces. Très belles épreuves sur divers papiers.

JEANNIOT (G.)

96. Devant la glace, n° 1. — Les Modistes, n° 1. Deux eaux fortes en couleurs. Très belles épreuves signées.

97. Le Jeu de Polo. Eau forte originale. Série de trois épreuves. Deux états et une terminée. Cette dernière seulement est signée. — Paysages. Deux pointes sèche in-8°. Ensemble 5 pièces. Très belles épreuves.

98. Le Polo, n° 3/25. -- Sur la Place, n° 22/25. Deux eaux fortes en couleurs. — Vieilles femmes assises, sur chine volant. Ensembles trois pièces. Très belles épreuves. Deux signées.

JOURDAIN (Francis)

99. Femme de Jadis, n° 17/30. — Coq Noir. Deux eaux fortes en couleurs. Très belles épreuves signées.

KLENN (B.)

100. Sainte-Anne à Anvers, n° 1/15. — Les Pêches, n° 4/15. — The Honorable Monsieur Chamberlain. Trois eaux-fortes en couleurs. Signées. Très belles épreuves (la dernière tirée à 3).

KRATKÉ (Ch.-L.)

101. Bataille de Solférino, d'après *Mcissonier*. Superbe épreuve *de remarque*, sur parchemin. Signée. (Encadrée.)

102. Idylle, d'après Charles Jacque. Très belle épreuve *de remarque* sur parchemin signée.

LALAUZE (A.)

103. Le Général Lasalle. Très belle épreuve *de remarque*. Signée et timbrée du Cercle de la Librairie.

LALAUZE (Adolphe)

104. Portrait de Femme, d'après Ward, épreuve *de remarque* sur parchemin. — Mme la Comtesse Foy. Deux états dont un terminé *avec remarque* sur japon signé. Ensembre 3 pièces. Belles épreuves.

LANÇON (A.)

105. Combat de Cerfs. Parchemin avec remarque. — Carrières de Villemontry. — Près Bazeilles. Deux eaux-fortes sur la Troisième Invasion. Ensemble 3 pièces. Très belles épreuves.

106. Les Trappistes. Dix dessins gravés à l'eau forte, en un album in-folio. Cartonné. Tiré à 250 (N° 165).

DE LA PINELAIS (B.)

107. L'Arsenal de Toulon. Dix eaux fortes. Gravures originales. Texte par E. de Salvert-Bellenave; *Paris*, s. d. in-4° en carton. Un des cinq exemplaires sur Japon (n° 1) avec le dix eaux fortes, *avec remarque* sur parchemin.

LAURENS (J.-O.) — LAMBERT (E.) — DEBILLY (Ch.) GAUTIER (L.)

108. Victoire Tranchart. — Pierre et Paul (Les enfants de l'artiste). — Ramasseuses de Fagots, d'après E. Adam. — Une Place à envier (Chats). — Intérieur du Vieux Port, Marseille. Ens. 5 pièces, dont 3 avant lettre.

LÉANDRE (C.)

109. Jeune Femme à la Statuette de Guerrier. Lithographie originale sur Japon à grandes marges. Superbe épreuve *d'artiste*, numérotée 15 et signée.

110. Vierge Normande, sur chine numérotée et signée. — La Nativitée, sur Japon. — Le Pianiste Pugno. Deux sujets différents. — Menu du Trésor, Juin 1900. — Eventail Fête Monnier, en couleur. Ensemble 6 pièces. Très belles épreuves d'artiste.

LÉANDRE (C.) — VEBER (J.) — CADEL (E.)

111. Musée des Souverains. Album en couleurs. Tirage su Japon. Couverture illustrée.

LE COUTEUX (L.) — DE MARE (J.) MARTIAL (P.)

112. La Barque de Don Juan, *d'après Delacroix.* — Le Christ au Tombeau, *d'après le Titien.* — Les Cancalaises, d'après *Feyen-Perrin.* Ensemble 3 pièces. Epreuves d'artiste, dont une de remarque. Deux signées.

LEFORT (H.)

113. Portrait de Tolstoï. Litho. — Portrait de M. Victor de Swarte, sur Japon avec remarque. Ensemble 2 pièces. Très belles épreuves.

LELOIR (L.) — LEPIC — LE RAT

114. Un Raffiné. — Le Docteur Payam. — La Ravaudeuse de Cesson. — Trop Chaude! Ensemble 4 pièces. Belles épreuves sur divers papiers.

LE MEILLEUR (G.)

115. Route de Fresquienne, près de Rouen. Très belle épreuve de remarque. Signée et *timbrée du Cercle de la Librairie.*

LEPIC (vicomte)

116. Suite complète du cahier de vingt eaux-fortes. Très belles épreuves. Signées.

LEROLLE (d'après)

117. Faneuse — Au Pâturage. Deux eaux-fortes par *R. de Los Rios.* Très belles épreuves de remarqne sur parchemin et hollande. Une signée.

LÉVEILLÉ

118. Inauguration du nouvel Opéra. Bois d'après Detaille (B. 6). Très belle épreuve sur japon. Tirée à petit nombre pour une Société.

LLOVERA

119. Parisienne — Sévillane. Deux lithographies en sanguine, formant pendant. Belles épreuves.

LORRAIN (R.)

120. Deux études de jeunes Femmes. Pointe sèche — Les Corinthiennes, n° 23/50, en couleurs. Ensemble. Trois pièces. Belles épreuves signées.

121. L'Église Saint Gervais et la pointe de l'Ile Saint Louis. Très belle épreuve imprimée en couleurs. Numérotée 4 et signée.

LUIGINI

122. La Hollandaise au Coucou, n° 18/25 — La Femme à la Cruche, n° 9/25. Ensemble deux eaux-fortes en couleurs. Très belles épreuves. Numérotées et signées.

MALO-RENAULT (E.)

123. En promenade (Estampe Nouvelle) n° 18/50 — Sujet pour un menu ; ensemble deux eaux-fortes en couleurs. Très belles épreuves, dont une signée.

MALTESTE (L.)

124. Lithographies originales au lavis : Petit Fifi est mort du bouton. Une des deux épreuves sur japon — Les envieux, n° 20/25 — Thaïs, n° 5/10 — Portrait de Femme en grand Chapeau blanc. Tiré à deux épreuves. Ensemble. 4 pièces. Superbes épreuves.

DE MARE (J.)

125. La Ronde de Nuit, d'après Rembrandt. Très belle épreuve d'artiste.

MARIE (G.) — MAUD (P.)

126. Penn-March : Les basses Pierres, n° 7/8 ; Het Mijmerij n° 2/25 — Le Matin. Ensemble. Deux eaux fortes originales et une litho en couleurs. Très belles épreuves. Signées.

MATHEY (A.)

127. Portrait de Mme O. Hériot, d'après Roybet. Très belle épreuve de remarque sur parchemin. Signée.

MATHEY-DORET (A.)

128. Jeune Fille en buste, d'après Ghirlandajo. Epreuve de remarque — Les Enfants de Charles Ier, d'après *Van Dyck*, Ensemble. Deux pièces. Très belles épreuves sur parchemin. Signées.

MAURIN (Ch.)

129. Eaux-fortes originales. Bois. Monotypes en noir et en couleurs. Le Ruban de Coiffure, n° 3/50 — Maternité, n° 1/50 — Les Communiantes — Sur le Banc — Portrait de Fumeur, etc. Ensemble 14 pièces. Très belles épreuves.

130. Le Lever ? Eau-forte en couleurs. Epreuve unique d'une pièce d'essai pour les séries de l'Education Sentimentale. Nous y joignons le dessin original et deux épreuves en noir.

131. Paris vu des hauteurs de Montmartre. Monotype en couleurs — Les Champs-Elysées. Epreuve n° 2. Eau-forte en couleurs. Ensemble. Deux pièces. Très belles épreuves. Signées.

MERSON (L.-O.)

132. Le retour de l'Enfant prodigue. Litho originale. Très belle épreuve *d'essai*.

MILLAIS (J.-E.) — MERWART (J.) — MYRBACH

133. Fillette à la Pomme. Eau-forte originale — Tête de jeune Femme. Pointe sèche — Jeune Fille. Lithographie. Ensemble. Trois pièces. Très belles épreuves. Signées.

MIGNOT (V.)

134. Léa. Tête de Fillette. Eau-forte originale en couleurs, n° 9/30. Superbe épreuve.

MILLOT

135. Tigre à l'affût. Lithographie originale. Superbe épreuve sur japon pelure.

MOREAU-NÉLATON (Étienne)

136. Chemin de Croix. Douze Poèmes religieux d'Armand Sylvestre, ornés de lithographies. Un des trente exemplaires du tirage sur papier de chine avant la lettre — La Sœur de Charité. Litho numérotée et signée — Les Béatitudes. Cahier de huit eaux-fortes, plus titre, table et couverture, très belles épreuves. Signées — Affiche pour le Chemin de Croix. Epreuve sur chine. Avant la lettre — Alsace. Lithographie en couleurs.

MORIN (L.) — NEUMONT — NICHOLSON ROEDEL

137. Eventail Gavarni. Deux pièces — Bismark — Fantaisie sur les Mois. Ensemble quatre pièces. Trois en couleurs. Une signée.

N° 142 du Catalogue.

MOSER (C.)

138. Gravures originales sur bois, en coul. — Femme de Pêcheur breton, n° 5/20 — Douarnenez, n° 5/20 — Noce bretonne, n° 4/20. Ensemble trois pièces. Superbes épreuves sur japon. Numérotées et signées.

MILIUS (F.) — MORDANT (D.)

139. Tête de Femme, d'après Watteau — Autour d'une Partition, d'après Aublet — La Traite, d'après J. Dupré. — Etude de Femme. Pointe sèche. Ensemble quatre pièces. Belles épreuves. Deux signées.

MUCHA (A.)

140. Affiche pour le Salon des Cent. (Femme au Sein). Deux épreuves : 1° le trait tiré en or; 2° l'avant-lettre. Sur japon, En couleurs. Signée et numérotée 10 — Job (Fumeuse). Deux épreuves, dont une imprimée sur *satin* — Evocation. Ensemble cinq pièces. Très belles épreuves.

141. L'Aurore et le Crépuscule. Très belles épreuves imprimées sur satin. Ensemble deux pièces.

MULLER (A)

142. Départ pour la Chasse. Eau-forte en couleurs. Très belle épreuve d'artiste. Numérotée 5 et signée.

143. La Promenade d'Hyde-Park. *Épreuve d'artiste* n° 1/50 — Les trois Jockeys, n° 11/60. Ensemble deux très belles épreuves, imprimées en couleurs.

144. La rue Saint Vincent, effet de neige — Le Port du Pollet, n° 38/40. Deux eaux-fortes en couleurs. Belles épreuves. Signées. Une d'essai.

MYRBACH (von)

145. Au clair de Lune. Lithographie originale, très belle épreuve sur papier bleu. Signée.

NAPOLÉON (pièces sur les)

146. Grand Aigle aux ailes éployées tenant dans ses serres la foudre et une branche de laurier. Litho à la plume. Non signée — Avant l'assaut de Malakoff — Bivouac en Kabylie, par *Sirouy*, d'après Aillaud. Pendants avec les feuilles indicatives des personnages — Le Passé, le Présent et l'Avenir, par de Moraine — Je la remettrai à mon père. Lithographie d'après Jules David.

NICOLLE

147. Le Vieux Rouen. Suite de dix eaux-fortes. Belles épreuves.

NITTIS (de) — NEUVILLE (de) — NIEL (Mlle G.)

148. Derrière l'Éventail (B. 4) — Odalisque (B. 1) — Mobiles à la Tranchée — Château de Clisson. Ensemble quatre pièces. Belles épreuves, dont 2 signées, *avec dédicace.*

DUC D'ORLÉANS (Ferdinand-Philippe)

149. Un Singe assis (B. 3). Belle épreuve sur chine collé — La Garnison hollandaise défilant après la reddition d'Anvers. Lithographie par *David.* Epreuve coloriée. Ensemble deux pièces.

OSTERLIND (A.)

150. A la Corrida. Très belle épreuve *de remarque* n° 9/50. Signée.

151. Portrait de Maurice Rollinat. Epreuve de remarque n° 1/50. — Les Castagnettes. Ensemble deux pièces. Très belles épreuves signées.

152. Toilette Matinale. Pointe sèche en noir sur parchemin. Signée. — Porteuses d'Eau. — Les Castagnettes. — Danseuses Espagnoles au Tambourin. — Les Amoureux au Clair de Lune. Eau forte en couleurs. — Bohémiennes. Ensemble 6 pièces. Superbes épreuves, dont 4 en couleurs numérotées et signées.

OVERBECK (F.)

153. Lever de Lune dans les Marais. — Sur le Canal. Deux eaux-fortes en couleurs. Très belles épreuves. Signées.

PAILLARD (L.)

154. Au Pont Marie. — Quai aux Fleurs. Deux eaux fortes originales en couleurs. Très belles épreuves. Numérotées et signées.

PAULIER (Mme)

155. Fabiola. — Pleureuse, deux pièces d'après Henner. Epreuves de remarque sur parchemin. — Deux Fillettes. Deux planches formant pendant, d'après Romney. Epreuves d'artiste sur parchemin. Ensemble 4 pièces. Superbes épreuvess. Signées.

PICART LE DOUX — PIET (F.)

156. Jeune Femme devant un Bouquet de Fleurs. Monotype en couleurs. — La Bonne d'enfant. — Eau-forte en couleurs. Ensemble 2 pièces signées. Une numérotée.

PIGUET (R.)

157. Frileuse et Rêveuse. Deux pièces. Très belles épreuves numérotées et signées. La deuxième imprimée en couleurs.

158. Mlle Nelson Enfant (B. 22) sur japon. — Mme Irma Meunier (B. 24) sur hollande. — Une Française de 1889 (Portrait de Jeanne Granier debout) (B. 27), sur hollande avec dédicace à Conquet. — Fillette en chapeau capeline, de face, les mains dans un manchon, épreuve de remarque sur parchemin. — Fillette en cheveux, assise, sa poupée dans les bras, avec remarque sur parchemin. — Jeune Fille debout, toquet à plume. — Fillette assise, toque noire, cravate de mousseline blanche. — Bords de la Marne à Lagny. Deux états dont un *avec remarque* sur japon, signé. — Place du Bourg du Four, à Genève. Epreuve *de remarque*, timbrée du Cercle de la Librairie. Ensemble 11 pièces. Très belles épreuves. Sept signées.

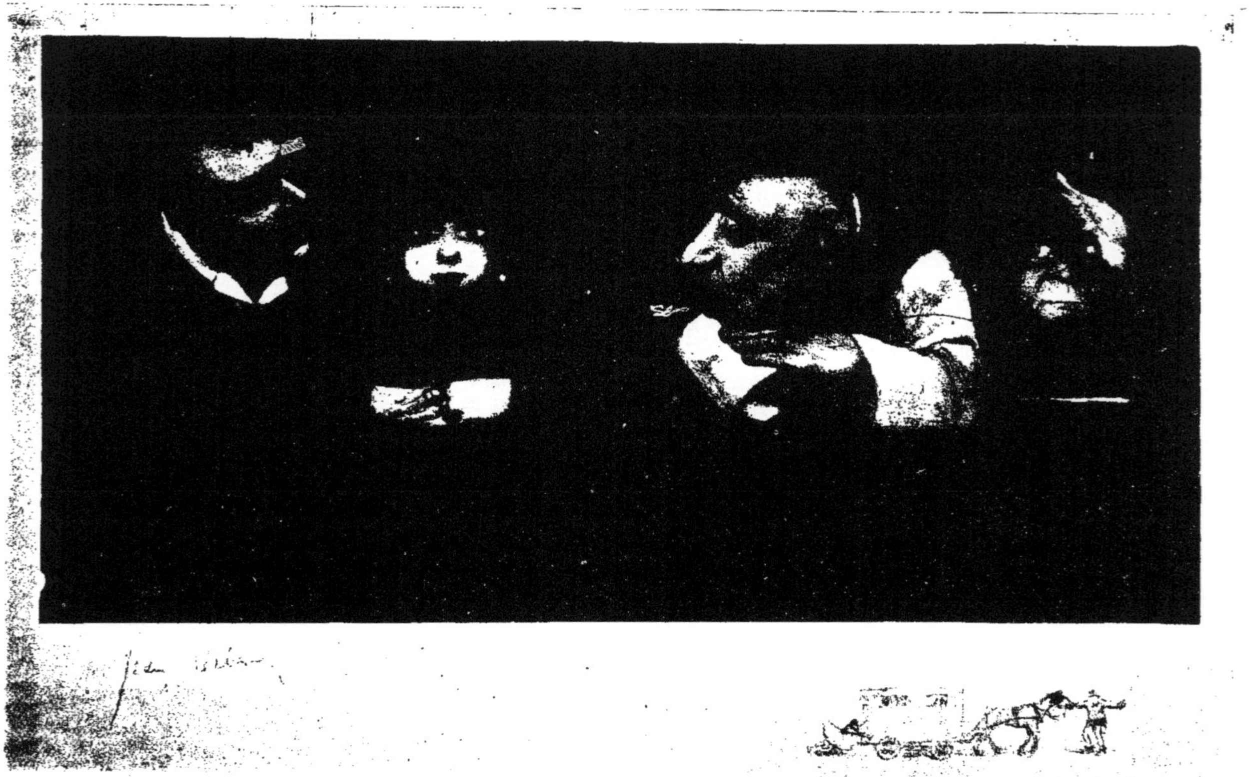

N° 194 du Catalogue.

PINCHON

159. Cheval de Chasse, n° 29/50. — Le Chameau, n° 2/25. Ensemble 2 eaux fortes en couleurs. Très belles épreuves. Signées.

PINET (Ch.) — MORIZET

160. La Maison des Etudiants (Rue de l'Hôtel Colbert), superbe épreuve *de remarque*. Signée et timbrée du Cercle de la Librairie. — La Mer en Bretagne. monotype en couleur. Signé. Ensemble 2 pièces.

PORTRAITS

161. Portrait du Frère Philippe, par *Sixdeniers*, d'après *Horace Vernet*. Belle épreuve avec la lettre. *Signature autographe du Frère Philippe.*

162. Sarah Bernhardt, par *Louise Abbéma*. - Jeune Femme au Chat, par *Abot*, d'après *Chaplin*. — Henriette Greffulhe. — Portrait de Femme. — M. de Sèze, par Aubry le Comte. — Le Comte de Chambord enfant (?), par *Fridon*. — Grazia, par *Hillemacher*, etc. — Eléonora Duse, par *Algel*. — Jeune Dame au grand collet de fourrures. — Portrait de Molière, gravé par *Sandoz* (?). Epreuve d'artiste avant toute lettre. Ensemble 11 pièces.

PISSARRO (Lucien) — SISLEY — TAVERNE

163. Scène Orientale. Bois en couleurs n° 16/50. — Bords de Rivière. Litho en couleurs. — La Rue de l'Abreuvoir à Montmartre. Deux états, dont un *avec remarque*. Signé. Ensemble 4 pièces. Trois. signées.

RANFT (R.)

164. Au cirque. Epreuve sur japon avec remarque. — Automne en Marne. — Les Cerises. — Contez Fleurette, n° 4/30. Ensemble 4 eaux-fortes en couleurs. Très belles épreuves, dont 2 signées.

165. L'Eternelle Comédie. — Les Nymphes des Bords de la Seine, n° 7/50, sur japon. Deux eaux fortes en couleurs signées. — La Promenade. Monotype

en couleurs. Signé. — Fête Vénitienne. Epreuve d'état. Eeau-forte en couleurs. Ensemble 4 pièces. Très belles épreuves.

166. Automne en Marne. Très belle épreuve imprimée en couleurs. Numérotée 18/50.

RASSENFOSSE (A.)

167. Femme Assise. Très belle épreuve. Imprimée en couleurs sur parchemin. Numérotée.

REDON (G.)

168. Eventail fête Monnier. — Les Lignes de la main. Epreuve *de marque*, n° 14. Deux lithographies en couleurs. Très belles épreuves signées.

RIVIÈRE (Henri)

169. Coucher de Soleil en Mer. — Le Bois l'Hiver. — Deux lithographies en couleurs. Très belles épreuves.

170. Lithographies originales en couleurs : L'Enfant Prodigue, Clairs de Lune. Deux affiches. — Loquivy à Marée basse. — Clair de Lune à Landemelus. Ensemble 4 pièces. Deux signées et numérotés.

171. La Tempête. Lithographie. Très belle épreuve imprimée en couleurs. Signée.

172. Les Trente-Six vues de la Tour Eiffel, prologue d'Arsène Alexandre. *Paris*, 1888-1902. Album in-4°. Cart. en étui. (Exemplaire n° 175.)

ROBBE (Manuel)

173. Les Bineurs.—La Belle Estampe. Epreuve sur japon n° 3/8. — Le Thé, sur japon, n° 4/50. Ensemble 3 eaux-fortes en couleurs. Très belles épreuves. Signées.

174. L'Eventail, n° 26/50. — Marché à Montmartre. Epreuve *avant la signature*, n° 21/60. Ensemble 2 pièces. Très belles épreuves. Signées.

175. Liseuse. Lithographie, n° 3/10. — Femme étendant du linge. Pointe sèche, n° 1/3. — Lecture méditée, n° 3/40. Ensemble 3 pièces. Très belles épreuves, signées et numérotées.

ROBIDA (A.)

176. Sur la Place de l'Opéra. — Le Vieux Pont au Change (XVe siècle). Ensemble 2 lithographies originales. Belles épreuves sur chine.

ROCHE (Pierre)

177. Lézard et Scarabée. — Les Espérides. Deux pièces. Très belles épreuves signées. Une *avec dédicace.*

ROUSTAN (E.)

178. Paysage à Verton, près Nantes, n° 8/12. — Paysage au Parc Monceau, n° 6/20. — Marine, clair de lune. Ensemble 3 lithographies en couleurs. Belles épreuves. Signées.

ROUX-CHAMPION — ROUDINEFF — ROMAIN ROUSTAN

179. Après la marche, à Quimperlé. — Femme au Chien. Œillets. — Venise. Quatre pièces en couleurs. Très belles épreuves. Signés.

ROYBET (F.)

180. Après le Bain. Eau-forte originale. Deux états : dont l'*eau-forte pure* et l'état terminé sur parchemin, *avec remarque*. Signées.

RUDAUX — SALLES — SALMON (E.) VALMON (L.)

181. Paysanne et Chasseur. — Fillette au chien, d'après Reynolds. — Rezonville, d'après Morot. — Barques de Pêche, d'après la baronne de Rothschild. Parchemin *avec remarque*. Ensemble 4 pièces. Très belles épreuves, dont 2 signées.

SALON DES CENT

182. Collection d'afifches avant la lettre. Tirage sur Japon, numérotées et signées. Ensemble 38 pièces en noir et en couleurs par : Grasset, Gaston Noury, Lacoste, Evenepoel, Maglin, Lherbinier, Cause, Baric, H. Detouche, Al. Levy, Ensor, L. Rhead, Jossot, Cazals, G. Roullet, Rassenfosse, Ranft, H. Paul, de Feure, Lebègue, P. Berthon, Ibels, Lapierre, des Gachons, F. Fau, Lobel, etc.

SCHMUTZER

183. Cabaret Hollandais. — Gardeuse de Vaches. Deux pièces. Très belles épreuves.

SOCIÉTÉ DES AMIS DE L'EAU-FORTE

184. 26 pièces eaux-fortes en noir et en couleurs par *MM. Borrel, Brunet-Debaisnes, Camoreyt, Chifflart, Coppier, Corabœuf, Courboin, Danse, Decisy, Delasalle, Louis Journot, Lopisgich, Maignan*, sur divers papiers, plusieurs *avec remarque* et la plupart signées.

SOCIÉTÉ DES ARTISTES LITHOGRAPHES FRANÇAIS

185. Album de 1904. Neuf pièces par *Atalaya, Broquelet, Huvey, Martin* (M.), *Maurou, Mesples, A. Mucha. Trinquier-Trianon, M. Vernaut.* Epreuves avant lettre sur chine, Signées.

SUNYER

186. La Rue des Abbesses, n° 24/44. — La Blanchisseuse, n° 21/30. Deux eaux-fortes en couleurs. Très belles épreuves signées.

THAULOW (F.) — SAINT-MARCEL (E.)

187. Le Pont de l'Estacade à la Pointe de la Cité. — Tête de Lion, de profil à droite. Deux eaux-fortes originales, en noir. Ensemble 2 pièces. Très belles épreuves.

THE ARTIST ENGRAVER

188. A Quaterly Magazine of Original Work, an. 1904, complète, planches I à XX. Eaux-fortes, burins, lithographies, gravures sur bois, de A. Legros, Strang, Shannon, Joseph Pennel, Cameron, M. et E. Detmoll, Rothenstein, R. Goff, Mac-Laughlan, W. Nicholson, Sleigh, etc.

TIEPOLO (J.-B.)

189. Via Crucis. Suite de 14 planches. Eaux-fortes originales. Anciennes épreuves. Nous y joignons trois pièces : Buveurs Flamands, de J. Stein — Les Aveugles, de Galle, et un Lucas de Leyde.

TOUSSAINT (H.) — TRIMOLET

190. Bouquinistes du quai St-Michel. Deux états : une eau-forte pure et l'état terminé, *avec remarque* — Le pont Solférino — Les Bohémiens, d'ap. Diaz — Rue aux Fèves (ancienne Cité 1861. Ensemble quatre pièces. Belles épreuves. Deux signées.

VALLOTON (F.)

191. Chez la Modiste — L'Accident — Au Violon — Les Chanteurs — Deuxième Bureau — Le Monome. Six pièces. Très belles épreuves. Numérotées. Une signée.

VAN MUYDEN (E.)

192. Deux Tigres. Très belle épreuve sur parchemin. Signée.

193. Romaine — Bêtes de somme. Épreuve *de remarque* — Étude de Femme (numérotée). Ensemble Trois pièces. Très belles épreuves. Signées.

WEBER (Jean)

194. A la Fenêtre. Très belle épreuve *de remarque* imprimée en couleurs sur chine volant. Numérotée et signée.

VEBER (J.) — VIBERT (P.-E.) — VIALA — VIDAL

195. L'Aventure (tête cachée par la main). Lithographie — Bacchus. Bois en couleurs, nos 18/50 — Vieux Chemin en Rouergue. Eau-forte en couleurs, n° 2/25 — Le Boulevard Malesherbes. Deux états, l'eau-forte pure et état terminé. Ensemble cinq pièces. Très belles épreuves. Trois signées.

VILLON (J.)

196. Le Maquillage, n° 1/30 — Eventail Gavarni — La Femme au Chien (adresse Sagot avant lettre en sanguine) — Le Père Moret, n° 1/30 — La Cigarette (l'Estampe Nouvelle). Ensemble cinq pièces. Quatre signées.

VOGELER

197. Nuit d'Été — Amour — Au mois de Mai. Ensemble trois eaux-fortes. Superbes épreuves. Signées.

VYBOUD (Jean)

198. Femme en prière. Deux épreuves, dont une terminée, avec *remarque* — Liseuse, épreuve de *remarque*. Ensemble trois pièces. Deux signées.

WAGNER (T.-P.) — WELIE (van) — WICKENDEN

199. Vague lumineuse — Les deux Sœurs — La Mère Panneçaiye. Ensemble trois lithographies originales. Très belles épreuves. Signées.

VILLYE (L.)

200. Sur la Tamise. Très belle épreuve sur japon. Signée.

WITTE (A. de)

201. Tête de jeune Fille en cheveux — Mère et Enfant (effet de lampe). Ensemble deux pièces. Très belles épreuves.

FRAZIER-SOYE

Graveur-Imprimeur

153-155-157, Rue Montmartre

PARIS

www.ingramcontent.com/pod-product-compliance
Ingram Content Group UK Ltd.
Pitfield, Milton Keynes, MK11 3LW, UK
UKHW021102270726
13994UKWH00009B/1781

9 782329 350974